愛の陽炎

田上千鶴子
TAGAMI Chizuko

文芸社

もくじ

第一章　引き揚げ船に乗って　5
第二章　美代子の選択　37
第三章　小さな棘　61
第四章　愛の陽炎　89
あとがき　97

第一章　引き揚げ船に乗って

「今日のような寒い日には、温かいおでんかラーメンが食べたいね！」と兄が言った。暖房設備が整っていない安アパートは寒い。兄の吐く息が白く煙のように美代子の前を立ち昇っていく。

「そうね！　ラーメンでも食べに行きましょうか？」と美代子が促すと、兄はすっくと立ち上がって準備をした。美代子もすぐコートを羽織って彼の後に続いてアパートの階段を降りた。

一九六五（昭和四十）年の冬のことである。外は冷たいみぞれ混じりの雨が降っている。二人とも傘を傾けて歩きながら、細い路地を駅前の食堂街に向かって歩いていく。すると突然兄が、「なあ、美代子、お前秋山のことをどう思う？」と聞いてきた。

「ああ、兄さんの親友の秋山さんのこと？」

「そうだ、彼はいい男だよ！　彼ならお前をきっと幸せにしてくれるよ、一度俺と一緒に会ってみないか、今度の連休にでも？」

「そうね、兄さん、でも、ちょっとあたしにも都合があるから待っててね！　きっと今月中にはお返事するから」

そう返した後の、兄のちょっと落胆気味の溜息が気になる美代子であった。

「違うわよ、絶対会わないなんて言っていないでしょ！」

「だって、あまり気乗りしてないみたいだったから……」

と言う兄の言葉が胸に刺さった。


実は美代子にはすでに山本修平というボーイフレンドがいるのだが、二人とも仕事に追われてデートの時間が取れず、ここ二か月ほど会っていない。それでも必ずどちらからともなく電話か手紙などで近況報告をしていたとはいえ、別に結婚を前提にしているというわけでもなかった。彼とは大学の放送部で一緒に活動していた仲で、大学の先輩後輩として時々会っていたのだった。彼は現在ある大手のTV会社に勤務していて、かなり忙しい部署に配属されているためなかなか自分の時間が持てないらしい。美代子は美代子で学習塾の生徒たちに英語の指導をしていて、受験生も担当しているので日曜も返上して教えなければならない状態なのだ。運命の女神が彼らを結んでくれない限り、なかなか結婚にはたどり着けないだろう。

間もなく三十歳になる美代子を、兄の達郎は心配しているのだ。


「誰か付き合っている人がいるのかい？」と兄が静かな声で尋ねてきた。

「うん、一人、大学の先輩でＴＶ会社に勤めている人で、大学時代から時々会っていて、今もお茶を飲みながらいろいろ仕事のことを話し合う程度のボーイフレンドがいるの」

「ふーん。で、美代子はその人と将来の約束をしているのか？」

「いいえ、まだそこまで深く考えたことはないわ」

「仕事が忙しいのはわかるが、もうお前も二十九歳だからな、あまりのんびりはしていられないぞ」

「そうかといって、急いだところでどうなるものでもないし……」

「よし、思い切って一度秋山に会ってみろ！　そして、今付き合っている人と比べて、しっかり相手を見て、自分に合うなと思う方を伴侶と決めるんだな」

「兄さん、心配してくれて本当にありがとう！」

「当たり前だろ、俺がお前の親役を務めなければいけないのだからな」と、兄はちょっと赤い顔をして照れ笑いをした。兄の温かい真心がジーンと伝わり、思わず涙を浮かべた美代子だった。


二人は親戚のアパートの一室を借りて生活をしている。十二年前に父を、十年前に母を亡くしてからは五歳年上の兄が親の役をしてくれていた。

美代子は兄の達郎にどれほど感謝しても足りないと日頃から思っていたし、美代子も兄の将来が気になっていた。

＊

ここで、達郎と美代子のこれまでの人生を振り返ってみよう。

一九四〇（昭和十五年）年に、中国の天津市にあった自動車廠《しょう》という駐屯部隊に人事部長として美代子たちの父親は赴任した。

美代子たち家族は、自動車廠の幹部用に建てられた赤レンガの瀟洒な官舎に住んでいた。庭にはいつも可愛い松葉ボタンが咲いていて心を和ませてくれた。広い公園のような芝生のある中庭では子供たちがいつも賑やかな歓声を上げ、その様子を母親たちはベンチで編み物などをしながら見守っていた。

官舎のすぐ近くには北寧公園という大きな公園があった。オリンピックのフィギュアスケート選手として有名な稲田悦子選手に憧れていた美代子は、お誕生日のプレゼントに、父におねだりして、白い牛革のスケートシューズを買ってもらった。お休みの日に夢中で北寧公園の固く凍った池で滑っていた楽しい思い出がある。

朝夕、北寧公園の脇の大通りを大勢の兵隊さんたちが毎日軍歌を歌って行進していたので達郎も美代子もその軍歌をすっかり覚えてしまった。必ず同じ小節を二度ずつ歌い、前半の兵隊さんが歌うと後半の兵隊さんたちがこだまのように同じ歌を繰り返して歌うのであった。例えば、「勝って来るぞと勇ましく　誓って故郷《くに》を出たからは」と歌うと、すぐ続けて「勝って来るぞと勇ましく　誓って故郷を出たからは」と後半の兵隊さんが歌い、「手柄たてずに死にゃりょうか」と前半が歌うとすぐ同じく「手柄たてずに死にゃりょうか」と繰り返すのである。

幼い美代子は深い意味もわからないまま、二度繰り返して歌ってもらえるのですぐ覚えられて得意になって兵隊さんたちが通りを去った後、兄の達郎と一緒に歌っていた。

父は、帰宅時によく若い兵隊さんを家に連れてきてはご馳走をしたり、麻雀をしたりして労った。夜明けまで麻雀をして泊まっていく兵隊さんも二、三人はいて、母の苦労は大変だったと思う。

母は小学校の教諭として大勢の生徒のクラスを担任していた。テストの採点に追われているのに、父はお構いなく若い食べ盛りの兵隊さんを七、八人も連れてきた。おまけに二、三人は泊まっていくので、その世話もしなければならなかったのだから……。

一度だけ、毎日のように若い兵隊さんを連れてくる父に業を煮やした母が、「これでは、私の体が持ちません。日本へ帰らせていただきます」と本気で父に宣言して、自分と子供たちの衣類をボストンバッグに詰め、夜遅く家出をしようとしたことがある。父は、母の剣幕に押されてやっと自分の勝手な行いに気づき、「ごめん、ごめん。これも仕事のうちなんだよ。若い人を連れてくるのは一週間に一度だけにするから、勘弁してくださいよ！」と平謝りして母の手からボストンバッグを奪い取り、何度も頭を下げた。

「本当ですね！」と母は念押しして治まったこともあった。あの普段温和で優しい母が怒ると本当に怖いということを子供たちは実感して、母の力の偉大さを痛感したのだった。


それ以降、父は約束通り一週間に一度だけしか若い兵隊さんを連れてこなくなり、達郎と美代子も母を助けたくて、小さなウェイター・ウェイトレスになってお料理やお酒を運ぶお手伝いをした。

「部長、お二人とも可愛くて賢いお子様たちですね！」

と言われると父は得意になって、

「そうなんだよ。二人とも学校の成績も良くて、先生たちからも可愛がられてね。また、家の手伝いもよくしてくれるんだよー」

と嬉しそうに答えていた。特に機嫌のいい時は、お料理を運んできた幼い美代

子を「ちょっとこっちへおいで」と呼び、自分の膝の上に座らせ、

「いい子だね、美代子は。今度のお休みに偕行社《かいこうしゃ》（陸軍士官用のデパートのような所）へ連れていってお人形を買ってあげようかな」

などと言うと、若い兵隊の中から「部長、僕も美代子ちゃんを喜びそうなところへ連れていきたいのであります！」とリクエストする人も出て、お酒の席が盛り上がったこともあった。が、今考えると大抵はボーナスが出た後のようだった。

一度藤井さんという二十一歳くらいの士官学校を出たばかりの兵隊さんが、美代子を偕行社へ連れていってくれたことがあった。藤井さんは、まず、子供のおもちゃ売り場へ行き、

「美代子ちゃん、どれでも欲しいお人形を選んでね。今日はボーナスをもらったからどんなに高いものでも買ってあげますよ」

と笑顔で言ってくれた。しかし、おしゃまな美代子はいろいろ選んだ挙句、一番安い布製の、顔の書いていないおんぶできる人形を、「藤井さん、これが一番

欲しいの」と言って差し出した。藤井さんは驚いて、

「美代子ちゃん、あちらにたくさん可愛いお人形さんが並んでいるのに、なぜこんな顔の書いていないものが好きなの？」

と聞くと、美代子は笑顔で、

「うちに帰って自分でお顔を描くのも楽しみだし、藤井さんにお金をあまり使わせたくないから……」と言ったそうである。

するとと藤井さんは、「じゃあ、八階の食堂で美味しいものをご馳走しようね！」と美代子とエレベーターで八階に上がった。

「さあ、美代子ちゃんの一番食べたいものを注文してね！」

「うん」と返事をして、美代子は一番安いうどんと、デザートにみつ豆を注文した。

「美代子ちゃん、オムライスやハンバーグは嫌いなの？　お寿司もいろいろあるでしょ？」

「藤井さん、お金は大事にしましょうね！　おうどんも大好きだし、みつ豆も一番好きなんだもの、これで充分ですよ」

美代子が母親のような口ぶりで話すので、藤井さんは「まるでおふくろか小さな主婦を連れてきたような気がしましたよ」とびっくりしていたそうである。これは美代子が母親の行動をそのまま真似したことに他ならない。

当時、中国にはいろいろな国の人たちが住んでいて、フランス人の多く住む街はフランス租界、イギリス人の多く住む街はイギリス租界などと呼ばれ、その国特有の文化が溢れ、レストランもその国の美味しいお料理が出るので休日はいつも賑わっていたようである。美代子が偕行社へ連れていってもらっている頃、兄の達郎は、山田さんという三十歳のおじさん風の面白い兵隊さんにイギリス租界へ連れていってもらっていた。達郎は山田さんからテニス用のラケットをプレゼントされ、大喜びで家のそばの広い庭で練習をしていた。たまに友達と一緒に練習をしていたこともあった。

美代子は、兄がラケットを振る姿は格好いいなと、いつも眺めていたことを思い出す。


北京の少し南側に位置する天津市は、冬は非常に寒かったが、セントラルヒーティングで、学校の校舎全体にスチームが通っていた。教室の中は温かく、小学校の生徒たちは朝登校すると、競争で窓際のスチームの上にお弁当を載せた。すると昼食時には、ほかほかの温かい食事をすることができた。

昼食の前には必ず担任の先生が「さあ、皆さん感謝の言葉を述べましょう！」と声をかける。すると生徒たちは全員声を合わせた。

「一滴の水にも天地の恩寵あり。一粒の米にも万人の力こもれり。私たちは感謝していただきましょう！」

その後、先生がクラス全体を見まわしてから、「いただきます」と言われると、生徒たちも続いて唱和してから静かに食事をしたものだった。

職員室には大きなストーブがあり、いつも石炭から炎が上がっていてとても暖かかった。美代子は級長（今の学級委員）だったので、職員室へ先生の出席簿と白墨入りの箱を取りに行き、先生が教室に来られる前に用意しておく役目があった。それで先生方とも親しくなれた。一年生の時の担任の松本正夫先生が大好きで、神様のように思っていた。松本先生は師範学校を卒業されたばかり。若くてハンサムで声のきれいな背の高い方だった。今思うと美代子の初恋は、松本先生だったと思う。松本先生は面倒見のいい優しい方で、クラスの全員から慕われ、授業が終わると生徒たちが先生の周りを取り囲み、いろいろとお話を聞いてもらおうと大騒ぎだった。美代子も先生に気に入られようと少し皆より早めに教室に来て先生の机にお花を飾ったり、黒板をきれいに拭いたりしていた。そのことに松本先生はすぐ気づいてくれ、

「美代子ちゃん、きれいなお花をありがとう！　先生も張り切ってお仕事ができますよ」

とお礼を言ってくださった。美代子は嬉しさと感動で、先生に抱きしめてもらいたいとさえ思ったこともあった。

一九四五（昭和二十）年八月十五日に天皇陛下の放送があり「日本が無条件降伏」という形で太平洋戦争は終戦となった。父は自動車廠の人事部長として、若い兵隊さんたちの面倒やら帰国の手続きやらで日夜働いていたが、敗戦後の失望感に加えそれまでの無理がたたり風邪から肺炎になり、入院せざるを得なくなった。母も苦労が重なり重い胃潰瘍になり手術入院。一家の帰国は延期となった。それまで家事一切を見てくれていた中国人の四十五歳の女性は、母が病気になったことを知ると時々訪ねてくれ「奥様大丈夫？」と林檎などを届けてくれた。しかし、これまで日本軍に安い賃金で働かされ、抑圧されていた多くの中国人たちは手のひらを返したように冷たくなり、「日本人は日本へ早く帰れ！」などと石をぶつける人たちもいて、つらい思いをしたものだった。

達郎は妹の美代子がいじめられているのを目撃すると飛んできて、よく助けてくれた。長男として生まれた達郎は、子供なりに父から託された「家族を守る責任」を強く感じているようで、母の杖となり、また、美代子の兄としてよく頑張っていた。美代子はその頃から、父が五歳年上の兄に乗り移ったような気がしていたのだった。母もしっかりした達郎を頼りにしていたようだった。

終戦から八か月後の一九四六（昭和二十一）年五月に帰国申請が許可された。天津市内の塘沽《たんくう》という港町に集結し一泊。翌朝、荷物の検査を受けて塘沽港からアメリカの軍艦CL-57に乗船し、日本へ帰国することになった。

中国から船に揺られて七日目に九州の佐世保港に入港となった。

入港間近になると、「皆さん荷物を持って集まってくださーい」と指令が出たため、父母はたくさんの荷物を背負い両手にバッグを持ち、兄も大きなリュックを背負い、美代子の手を引いて甲板に出た。その時見えた緑のしっとりとした美しさに、幼かった美代子たちは驚いた。

（日本ってこんなに緑の美しい国だったんだ。中国は蒙古風が吹いて、あたり一面が黄色くなり視界が悪かったし、緑もこんなに瑞々しくなくて、乾燥していたなあ）と、緑豊かな日本の景色に家族四人とも感動しつつ船から下りた。

船に乗っていた米兵たちは、皆手を振って見送ってくれた。子供たちにチョコレートをくれた米兵もいた。美代子にも背の高い米兵が笑顔で近づき「さよなら」と言って大きな板チョコを二枚渡してくれた。美代子は「サンキュー」と言ってそれを受け取ると、嬉しそうにスキップしながら家族のところへ戻り、「ほら、こんなに大きなチョコレートをもらっちゃったよ」と見せた。

ところが、その言葉が終わるか終わらないかのうちに父は美代子の手からチョコレートを奪い取り、

「まったく米兵はけしからん！　こんなものは受け取っては駄目なんだよ、美代子」

と言いながら、そのチョコレートを全部海の中へ投げ込んでしまった。

父の顔は、今までに見たこともないほど怒りに震えていた。しかし幼い美代子にはその原因がわからない。せっかく家族で食べようとしていたのを遮られて、ただ悲しくてワーワー泣き出してしまったのだった。母は、「そんなに怒らなくてもよいではないですか、向こうは好意でくれたのだから」と言い、美代子の涙を拭いてくれた。兄も「お父さん、美代子がかわいそうだよ。せっかく喜んでいたのに」と父に抗議してくれた。

軍人であった父は、日本は絶対勝つと信じていたらしく、「日本は神の国なのだから、絶対最後には神風が吹くよ」とよく言っていた。

そういう父だったから、日本が降伏して敗戦国になったという事実がどうしても受け止められないようだった。「原子爆弾なんか落として大勢の日本人を犠牲にした憎き米兵、ヤンキーめ！」と思っているらしかった。そんな憎むべき米兵から物をもらうなんて父のプライドが許さなかったのだろう。

しかし、美代子は、日本が真珠湾攻撃などという卑劣な方法で戦争を仕掛けたのだし、あの米兵は国の命令で来ていて子供が好きでチョコレートを渡そうとしたのだから何も悪くなかったと思っている。

高校生になってから母から聞いた話だが、美代子たち家族が乗っていたアメリカの軍艦でも「水商売の経験のある女性は甲板に集まってください」と日本語のアナウンスが流れて女性たちが集められたという。米兵たちの慰安婦にするためだったそうだ。中国にいた時、日本の兵隊たちが現地の女性たちを部屋へ連れ込み、女性たちが真っ青な顔で出てくるのを見たことがあった母は、その報いが来たと、その時思ったそうだ。

戦争を仕掛けるのはいつも男性で、その犠牲になるのは女性だという事実に、

美代子は釈然としない思いが残った。そのことを兄の達郎に話すと、

「それは日本だって同じで、中国や韓国に攻め入り、その国の若い女性たちを餌食にしていたのだから」

と言い、続けて、

「いずれにせよ戦争は絶対に避けなければならないよ。幹部の人間は、命令を出しておきながら、自分たちは危険な場所へは行かない。代わりに若い兵隊さんたちが危険な場所へ行かされて尊い命を落とさねばならないのだからねぇ。そして弱い立場の国の女性たちは、強い国の兵隊たちの餌食にされるんだから……」

と苦々しい表情で言った。美代子もその時、絶対戦争は反対だと思った。


軍艦から下りると検査場があり、そこで行列して頭から首まで白いＤＤＴという殺虫剤をかけられた。皆一様に真っ白い白髪のおじいさん、おばあさんになった。虱《しらみ》という、蚤《のみ》の親類のような害虫が人の髪の毛の中や服の中に付き、一旦刺

されると猛烈にかゆくなり、かいていると赤くなって腫れるのでとても嫌がられていた。終戦直後は衛生の面でも発達していなかったので虱は大きな問題であった。

持ち物の検査が終わるとそれぞれ落ち着き先を聞かれて、同じ方向に行く人同士に分かれて列車を待った。これから、父の故郷である神奈川県の真鶴町の実家へ向かうのだ。

母方の祖母が重い病で入院していたこともあり、父方の、美代子の父母の仲人をしてくれた叔父が「ぜひ来るように」と手紙をくれた。それで父母も叔父の好意に感謝してお世話になることにしたのだった。

叔父は、住んでいた離れの日当たりが良く広い部屋を美代子たちのために提供し、自分たちは中心街で大きな薬局を経営している妹の持ち家に移ってくれたのだった。

母が「それでは申し訳ない」と言うと、叔父は、
「自分も中心街で写真館を経営しているので、妹からそちらへ来るよう勧められたので。仕事場に通うのにも、近くて都合がいいですよ」
と笑顔で応じてくれた。母もホッとした様子だった。

住む場所は確保できたものの、それからまた母の苦労が始まった。この頃、父はまだ働けるほどには回復していなかったため、まず、家族四人の生活費を稼がねばならない。そして「夫の実家にお世話になるからには、少しずつでも夫の両親に家賃を払わねばならない」と律儀な母は考えた。それで、近所の三つの小学校へ求職願を出して職探しを始めた。

一か月後のある日、求職願を出していた小学校の校長が訪ねてきた。その日のことを、美代子たちは今でもはっきり覚えている。

校長先生が訪ねてきた時、母は、海岸へ漁師たちから烏賊や魚を安く分けても

らいに姑と一緒に海岸へ出かけていた。達郎と美代子は海岸まで校長先生を案内して、

「お母さーん、校長先生がご用があるってー」

「お母さーん、早く来てよー」

と声を合わせて呼んだ。

母は姑と一緒に振り向いて、「どうしたのー」と近寄ってきた。子供たちの後ろに校長先生を見つけると、すぐ頭から手ぬぐいを取り、

「すみません。こちらから伺わねばなりませんのに、ご足労をおかけしまして」

と丁寧に挨拶した。校長は笑顔で母に話し始めた。

「突然お邪魔してこちらこそすみません。実は、六年生のクラス担任に欠員が出ましてね。卒業を目前に控えた子供たちの進路相談や進学相談にも関わる、大変ご苦労をかける学年担任という立場なので、あなたのような、経験豊富で優秀な先生が欲しかったのです。他の学校へ行かれては大変と、飛んできたようなわけ

なのですよ」

「実は、二年半ほど前に私も六年生の担任でしたから、何とか務まると思います。どうぞ、よろしくお願いします」

「それはよかった。早速、来週から勤務していただけますか？」

ほっとしたような校長先生の問いに、

「はい、伺わせていただきます」と、母は弾んだ声で返事をしていた。

美代子には、海岸の波の音まで弾んだような音に聞こえた。母の喜びが伝わったのだと子供心に思った。達郎もその時の母の嬉しそうな美しい笑顔を今でもよく覚えている。姑が「よかったね。幸子さん、今晩は美味しいマグロの刺身で就職祝いをしようかね！」と嬉しそうに言ったことも。

小学校六年生の担任となった母は、毎朝早く起きて出勤の準備をして、いそいそと学校へ出かけていった。母の勤務する小学校は、美代子たちの小学校とは反対方向だったため「お母さんと同じならいいのに」と美代子は何度も思った。しかし、達郎は先生の子供ということで周囲から特別な目で見られるのも嫌だったらしい。毎朝、達郎は美代子の手を引いて通学していた。

父のもう一人の妹は、夫を亡くし、三人の娘と一人の孫との五人暮らしで近所に住んでいた。同情して優しい言葉をかけてくれていたのに、母がきちんとした身なりで小学校へ通う姿を見るようになると、嫉妬心からか「いいねえ、幸子さんは。長男の嫁なのに家事を放りっぱなしでお勤めに出られて！」とあてつけがましく母に言うようになった。そのことを母はとても気にしていて、お給料をもらうごとに叔母の孫に何か贈り物をしていた。

四人の家族の生活費を稼ぐために必死に働き頑張っているのに、気の毒だったなあと、大人になった美代子は思う。

美代子がふと夜中にトイレに目覚めた時も、まだ母は周囲に灯りが漏れないようにスタンドに手ぬぐいをかけて真剣に生徒たちの答案の採点をしていた。その姿に、子供心にお母さんは大変だなあと思っていた。

父は健康を取り戻すと、薬局を営む叔母の計らいで中心街の一角に佃煮や漬物、乾物などを置く食料品店を開いた。しかし商売に不慣れで経営が苦しくなってからは、とれたてのマグロやぶりなどを漁場で仕入れ、東京や熱海の大きな和風料理店へ持ち込み、売りさばく仕事を始めた。早朝から漁場へ行かねばならないためかなり重労働だったようだ。しかし、「このほうが店の経営よりもはるかに儲かるよ」と言って、お金が入ると母や美代子たちに、惜しげもなく高価なプレゼントをいろいろと買ってくれた。母から「もっとお金を大切にしてください」と苦情を言われていたことも思い出に残っている。

また、日曜日には、父は趣味だった謡曲を近所の人たちに教えていて、美代子が父の秘書役を務めた。

「美代子、『勧進帳』の本を持ってきて」と父から言われると、美代子は何段もある謡曲専門の本棚からさっとそれを取り出し、「はい、先生」と言って父に渡した。

父は満足そうにそれを受け取り、

「皆さん、私の後に続いて同じように謡ってください。〽そ〜の〜時、弁慶、少しも慌てず〜」

と生徒たちに教える。ところが、音痴な人は何度聞かされても音程やリズムが違い、父に注意されてしまう。美代子はそんな人を助けたかった。そこで、子供ながらに正確に謡えた美代子は、父のように「〽そ〜の〜時、弁慶少しも慌てず〜」とやる。美代子の後を受けて、その人が「〽そ〜の〜時、弁慶少しも慌てず〜」と謡ったところ、父から、「松野さん、よくできました！　その通りですよ」と褒められた。松野さんはそれが嬉しかったらしく、帰りがけに「美代子ちゃん、ありがとね」と言って飴を渡してくれたこともあった。今でも懐かしく思い出される。

ところが、それから九年後に父が過労で倒れ、熱海の国立病院へ入院することになった。達郎と美代子は日曜ごとにお見舞いに行き、母を助け、父を励ましてきたが、倒れてから一年後に、子供たちの将来を気遣いながら父は帰らぬ人となった。

そして父の亡くなった二年後に、優しくて努力家だった母も子供たちへの強い思いを残して父の許へ旅立ってしまったのだった。美代子は二十一歳、達郎は二十六歳になっていた。

母の告別式が終わった後、母方の叔母が「東京の下町に、古いけれどアパートを持っているの。二人で出てこない？」と勧めてくれ、それをきっかけに達郎と美代子は東京へ出てきたのであった。

達郎は叔父の世話で電気会社に就職先が見つかり、美代子も現在の学習塾の講師に採用されて現在に至っているのである。

二人の記憶の中には父母の残してくれた「石の上にも三年」「継続は力なり」という言葉が辛い時にはいつも思い出されて、頑張ろう！　と明るい方向へ向けさせてくれているのであった。

＊

さて、達郎と美代子のこれまでの人生の話はこのくらいにして、二人がラーメンを食べに行った東京下町の駅前にある中華料理店の場面に戻ることにしよう。

「今日は、私が奢るから。兄さん、何でも好きなものを注文してね！」

「おっ、それはありがたいな……。じゃあ、焼酎にチャーシューめんでもいただくとするか」

「私は五目そばと、兄さんと一緒にギョーザの大盛りを頼むわ、おつまみのつもりで。それに、レバニラもね！」

「わっ、豪勢だな！　今日はお見合いの前祝いかい？」

「兄さん、そんなに大きな声で恥ずかしいわ、みんながこちらを見ているでしょ！」

「ごめん、ごめん」

達郎は頭をかいた。

しばらくすると、湯気のもうもうと立った美味しそうなチャーシューめんと五目そばが運ばれてきた。

「いただきまーす」と、二人はそれぞれ注文した中華そばに手を伸ばした。

「あー、温かいものってなんて美味しくて体が温まるんだろう」

「本当だな」

「天津でよく食べた、フワフワの饅頭《マントウ》も日本にあるといいわね」

と美代子が言うと、兄は目を細めながら答えた。

「あー、あのフワフワの味は忘れられないねえ」

「ピザのように何枚にも剥がれる大餅《ターピン》も美味しかったわねえー」

「また、日中国交が回復すれば、饅頭も食べられるようになるさ。きっとなると思うよ。それまで楽しみに待つことにしよう！」

「そうしましょう！」

「ところで兄さん、秋山さんは今、お仕事は何をしていらっしゃるの？」

「ああ、出身大学の助手をしているると言っていたよ」

「助手の初任給って、どのくらいの収入があるの？」

「さあ、よくは知らないが、女房や子供の一人や二人は食わせていくことはできると思うよ。それに彼は経済学部出身で受験生の塾の講師もしているし、貯金も少しはあるって言っていたからな……」

「あら。変なことを聞いてしまってごめんね」

　と美代子は頬を一寸赤らめた。兄の言うように、秋山に経済的な基盤があるのなら会ってみてもいいなと、美代子は思ったのだった。

第二章　美代子の選択

翌週の連休の最初の日に、兄の達郎の仲立ちで、美代子と秋山は日比谷公園の前の帝国ホテルの二十三階にある見晴らしのいいラウンジで見合いをすることに決まった。

その日は二月とはいえ「ほー、ほけきょ」と鶯の鳴き声が聞こえそうなほど穏やかな暖かい日で、兄も妹も、朝から何となく心が華やいでいた。

美代子が身支度を整えていると、達郎が部屋へ入ってきて、

「おや、今日は五歳くらい若く見えるぞ。これなら秋山もきっと次のデートを申し込むだろうな！」

と明るい声で笑った。

「妹をからかって、嫌な兄さん」と達郎をちょっと睨んでからすぐ笑顔に返り、美代子は兄と一緒に家を出た。

秋山は、神奈川県知事の秘書をしていた父親と、小田原区役所の総務課に勤務

していた母親の次男坊として生まれた。五年前に、二歳違いの兄を交通事故で亡くしている。苦学して東京の国立大学を卒業、学業優秀だったので教授から声をかけられて、現在は助手として、卒業した大学で働いている。彼の兄が交通事故で亡くなった時、一番親身になって秋山を支えたのは達郎だった。秋山も、達郎を亡くなった兄の身代わりのように慕い、何事も相談してきて親しく交流を続けていたのだった。達郎は可愛い妹に幸せになってもらいたいと常日頃思っていた。秋山ならきっと妹を幸せにしてくれると考えたのである。

二人の住む高田馬場から日比谷まではさほど遠くもなく、約束の時刻より二十分前に帝国ホテルに着いた。

「一寸早く着いたので、しばらくロビーで待つことにしよう」と言って、兄は美代子をロビーのソファーに座らせて、秋山を探しに外のほうを見に行ってしまった。

二人を待つ間、ぼんやりと美代子は山本のことを考えた。

山本とは将来のことを何も話したこともなく、ただ何となく会っていただけなのだから、もし今日のお見合いが結婚につながっても、それは仕方がないことだし、逆に秋山さんとフィーリングが合わなかったら、山本君としっかり話し合えばよいのだから……と自分に言い聞かせていた。

美代子が将来のことに思いを巡らせていると、突然、ポンと肩を叩かれ、振り向くと兄と秋山がにこにこ笑って立っていた。兄に紹介され、二人は初対面の挨拶をして三人でエレベーターに乗った。

「今日は、本当に暖かでよいお日和ですね」

「何かいいことがありそうですね！」と秋山は美代子に視線を合わせるとにっこり笑った。その笑顔には邪気のない人柄の温かさが滲み出ていて、美代子は（兄の言う通りの人だろうな）と心の温まる思いがした。店内に三人は入り、見晴らしのいい席に秋山を座らせ、向かい側に美代子と兄が座った。

「お互いに自己紹介をしたら」と兄に促され、秋山は即座に、

「ごめんなさい、僕のことはお兄様がすでに美代子さんにお話し済みと思いましたので……。

　私は、お兄さんと大学で知り合いまして以来、弓道クラブでご一緒だったので親しくしていただいた、二年後輩の秋山康介と申します。お兄様と同じ大学の経済学部を卒業後、同大学の助手として勤めております。日曜日には経済学部を受験する人たちのための塾で講師もしています。これでもなかなか忙しく働いています。人から見れば大した働きもしていないのですがね。

　今度はどうぞ美代子さんもご自分のことをお話しください」

「では、簡単に自己紹介をさせていただきます。私は小学生のころから海外へ行きたいという夢を持っておりましたので、私立の大学の英語学科に進み、同時に中学生の教諭の資格も取りました。今も会社勤めはせず、高校・大学受験を志す子供たちを教えています。教えるという点では、秋山さんと同じですね」

「まあ、そういえばそうですねえ、対象年齢の差はありますけど！」

「秋山さんの教える対象は大学生ですから、すぐ理解してもらえて楽でしょうね！」

「いや、そうでもありませんよ。彼らは自己主張が強く、自分のスタイルというものをしっかり持っている子が多いので、なかなか譲らず、こちらのほうが折れるような場合も多く、とても気を遣いますよ」

「そういうものですかねえ。いろいろ大変ですね。私のほうは子供なので、私が強く言えば言うことを聞きますが、甘える子やお行儀の悪い子供も多くてかなり疲れます」

「お互いに大変ですねえ」

「でも、楽しいこともありますから、なかなかやめられません」

二人の話が滑らかに進み始めた頃、兄の達郎が急に立ち上がった。

「二人には申し訳ないが、大切な用事を思い出したのでこれで失敬するよ。二人ともゆっくり話をして帰っておいで。あ、秋山君、帰りは妹を送ることを頼むよ」

「もちろん、最初からそのつもりでおりますから、大丈夫ですよ」

と彼はにっこり兄の達郎に答えて、立ち上がり軽く会釈をした。

美代子も「兄さん、ありがとう」と挨拶をして手を振った。なんて気の利く優しい兄だろうと、美代子は心の中で感謝して涙ぐみそうになった。秋山はその様子を見て、

「お二人は本当に仲のいいご兄妹でいいですね！」

とにこやかに微笑んだ。

「秋山さんは、ご兄弟は？」

「二歳上の兄がおりましたが、五年前に交通事故で亡くなりましたので、今は自分一人です」

「まあ、いけないことをお聞きしてしまって、ごめんなさい」

「兄が生きていた頃は、二人でよくキャッチボールをしたり、意見が合わないと

いつまでも主張し合ったり、取っ組み合いのけんかをしたりもしましたが、今ではそのすべてが懐かしく、昨日のことのようにはっきり浮かんでくるのですよ」

と彼は遠くのほうへ視線をやり、しばらく目を閉じた。目じりから、一筋の涙がスーッと流れたのを美代子は見逃さなかった。

（本当に兄貴っていいものだから、秋山さんのお兄さんも元気で生きてくれていたら、どんなにか楽しく、心強かったろうになあ……）

と同情心が湧いてきた。

しばらく話題が途切れると、秋山が「お天気がいいので少し散歩をしながら話しませんか？」と美代子を促し、二人は帝国ホテルを後にして日比谷公園のほうへ歩いた。

「あ、黄梅がきれいに咲いていますね！」

「本当！　桜の蕾も少し膨らんできたようですね！」

「あら、どこからか沈丁花の花の香りがしてきましたわ！」

二人は、早春の美しく咲く花々を眺めながらゆっくりと歩いた。いつの間にか秋山がそっと美代子の手を握っていた。美代子は思わず秋山を見上げると、彼は一瞬はっとして、真っ赤になりながら「ごめんなさい！」と言って手を離した。

「いえ、いいんですよ！」

そう言いながら、美代子も赤くなっている自分を感じていた。夢のようなひと時が過ぎて、秋山は美代子をアパートの前まで送ってくれた。

「お兄様によろしくお伝えください」

そう言うと、彼はにっこり笑って帰っていった。次回のデートを何気なく期待していた美代子だったが、何も告げられなかった。このことがよかったのかどうなのか彼女には判断しかねた。

また平常の忙しい生活のリズムに戻り、授業から帰り採点をしていると、久しぶりにボーイフレンドの山本から電話が入った。美代子は、何となく救われたような気持ちになり、「久しぶりねー、お元気だった？」と甘え声になっていた。

「うん、大型ドラマが入ってね、その準備や段取りで毎日てんてこ舞いだったんだよ。やっとドラマがクランクインして手がすいたんで、君とどこかで美味しい夕食でもと思ったんだが、今晩出てこられる？」

「ええ、大丈夫。今日は兄さんは残業だと言っていたから、置き手紙しておくわ！」

「それじゃあ、渋谷のハチ公前で七時半頃、待ってる」

「はい、わかりました！」

いそいそと美代子は家を出た。山本は疲れたような顔つきだったが、表情は明るく、元気そうだった。

二人で学生時代からよく行っていた店で夕食を注文した。やはり慣れている人、慣れているお料理は気楽でいいなと思いながら、この間の秋山とのお見合いの緊張した時間と比べていた。新調した服を着た時と着慣れた服を気軽に羽織る時との違いのようだなと思った。結婚生活は長い。やはり慣れた人のほうが、夢はなくとも気楽でいいのかもしれない。

「今日はいつもと雰囲気が違うね、何か心配事でもあるの？」

山本が美代子の顔を覗き込むようにして尋ねた。

「ううん、何も心配事なんてないのよ。あまり久しぶりに会ったので、いろいろと昔のことを思い出したのよ」

「ああ、学生時代、放送部の連中と議論したもんねえ、あの時の君も可愛かったよ！」

「山本さんも純情一路って感じだったわよ」

「お互いに若かったねえー」

「あーら、まったく今は高齢者同士みたいね」

と二人で笑い合った。

夜の渋谷は若いアベックがほとんどで、肩を組んだり手をつなぎあったり、もっと密接に熱いキッスをしあったり、一昔前の日本では全く考えられなかった光景があちらこちらで見られた。

美代子は、思い切って山本に切り出してみた。

「ねえ、山本君。私たちずいぶん長いお付き合いだけど、ずっとこのままお友達同士で終わるのかしら?」

山本はちょっと考えた様子だったが、

「でも、二人とも今は仕事に燃えている時で、無理に結婚しても、君のほうが女性だから、家事のために仕事を辞めて生きがいを失うようなことは決してさせたくないし、僕も君のそういう姿は見たくないから、こうやって暇が持てた時に気楽に会って食事をしながら楽しく話していられることのほうが大事じゃないの?」

と、結婚否定論者のようなことを言ってきた。心の隅では彼女も山本の言葉を肯定しているのだが、美代子は、女性として彼が家庭を持つ気持ちを持っていないとわかったことのほうが淋しく感じたのだった。二時間ほど食事をしながら話して、渋谷駅で別れた。

あんなことを言ったので、もう彼は誘ってこないだろうなと不安な気持ちで美代子は帰路についた。

アパートの部屋には明かりが灯り、兄が帰っているようだった。

「兄さん、ただいま。手紙読んでくれた？　ちょっと山本さんから電話が来て会いたいというので一緒にお食事してきちゃった！」

「秋山のほうからもし誘いが来たらどう返事をするか、しっかり考えておかねば駄目だよ。一生のことだからね。これは兄さんが決めるわけにはいかない。お前自身で決めて進んでいかなければいけない問題なんだからな！」

「よくわかっていますよ。今もずっと考えているところなんですから……。でも、秋山さんからは次のデートのお約束がなかったから、あまり私に興味はないのかもしれないわ」

「そんなことはないよ。彼も慎重なところがあるから、よく考えてから誘いをかけると思うよ。彼も今は一人息子で両親を見なければいけない立場にあるからね！」

「そうなんですって！　お兄様が五年前にお亡くなりになったので、ちょっと淋しいわね」

「お前も、もし結婚が決まったら、彼の両親を看なくてはならなくなるよ、覚悟はできているかい？」

「まだ、全然実感がわかないけど……。私たちの両親は亡くなってしまったんですから、秋山さんのご両親を自分の親だと思って一生懸命尽くしていけば、きっとうまくいくと思うわ」

「ぜひ、そうなってほしいね」

達郎は、秋山と美代子が結ばれるのを願っているようだった。

兄が予想したとおり、それから一週間後、秋山康介から丁寧な手紙と共に音楽会への招待状が美代子に届いた。

「『ご一緒に参ります』と返事を出すといいよ」と、兄が笑顔で言った。美代子も心が弾み、「ええ、そうするわ、兄さんの思惑通りね」と兄のほうをちょっと睨んで微笑んだ。

音楽会の当日、美代子が仕事から戻って急いで支度をしていると、玄関近くで車のクラクションが鳴った。兄が二階の窓からのぞき、

「おっ！　秋山もはりこんで車をレンタルしてきたな！　やはり美代子にいいところを見せたいのだな！」

と、明るく笑いながら美代子に声をかけた。

「あら、電車で行くはずでしたのに、車でわざわざお迎えなんて悪いわ！」

「つべこべ言わずに彼の好意に甘えたほうがいいよ、行く先は横浜なんだろ？

車で山下公園や本牧あたりをドライブするのもいいもんだよ」

「そうね、では、兄さん行って参ります！」

「ゆっくり楽しんでおいで！　僕のことは適当にやっておくから心配いらないよ」

兄は二人を温かく送り出してくれた。


秋山は、すでに車から降りて兄に挨拶をしにこちらへ歩いてくるところだった。

「こんにちは！　お兄様にちょっとご挨拶をしてきますので」

と美代子に断って、彼は兄に明るく挨拶をして戻ってきた。兄は、嬉しそうに玄関先で手を振っていた。

「本当に仲のいいご兄妹で羨ましいですね！　面倒でしょうが、シートベルトをお願いしますね！」

と声をかけると、秋山は車を発進させた。その鮮やかな運転ぶりに美代子は、兄の言う通り、頼れる人だなと嬉しく思った。会場の駐車場へ車を入れて、二人は音楽会の会場へ急いだ。

　受付で案内され、二人は来賓席のようなよい場所の席へ座った。

「あら、素晴らしいお席を取っていただきすみません。一生のいい思い出になりますわ」

「嬉しいことをおっしゃいますね！　僕も美代子さんの喜ぶお顔が見られて幸せです」

　会場はすでに八分通り埋まり、間もなく司会者の挨拶と今日の演奏のテーマが順番に紹介された。最初はショパンの「ピアノ協奏曲第一番ホ短調」が指揮者によって演奏された。ピアノとヴァイオリンの見事なハーモニーに、聴衆は皆うっとりと聞き惚れ、二人も別世界を手をつないで散歩しているような感覚さえ持てた。続いてベートーベンの「月光」のソナタである。ベートーベンは若くして難聴となり、大変な苦労を続けて作曲をしてきただけに、聞く人々の胸に迫る重厚な素晴らしい曲を次々に産み出した偉大な人物として美代子の記憶にあった。ふと横を見ると、秋山もうっとりと音楽の世界に浸っているように見えた。

美代子は、もしこの人と一緒に生活するようになったら兄は淋しいだろうなあと一人暮らしの兄の姿を思い浮かべ、早く兄さんにもいいパートナーが見つかるとよいのだがと考え込んでしまった。

「どうしました?」と小声で秋山が美代子に問いかけた。

「いや、別に何もないのですが……。あまりに素晴らしい音楽を直接、なまで聴くことができて、こんなに幸せでいいものかと感動していたところなのです」

「美代子さんからは僕を喜ばす言葉をたびたび言っていただきながら、僕は不器用な人間なので、あなたに何も喜んでいただける言葉をプレゼントできず、申し訳ないです」

「いいえ、こんな素晴らしい音楽会へ連れてきていただいた私のほうこそ、もっともっとお礼を申し上げねばと思っています」

最後のモーツァルトの交響曲三十九番「プラハ」の演奏でフィナーレとなり、大勢の聴衆たちと共に美代子たちも外へ出た。

外はすでに夜景が美しく、秋山の誘いを受けて横浜の海岸通りをドライブして中華街の上級中華レストランでコース料理を楽しんだ。中国育ちの美代子が一番好きな鯉の唐揚げが出てテンションが上がった。天津の高級レストランで家族四人で食べた時の楽しい思い出がよみがえった。美味しそうに食べる美代子を秋山は微笑んで眺めていた。

「秋山さん、久しぶりに鯉の唐揚げをいただき、あまりに美味しくて頬が落ちそうでしたわ。本当にご馳走様でした！」

「美代子さんにそんなに喜んでいただけて僕も幸せな気分になれました。今日はとても楽しかったので、美代子さんにお礼を言いたいのは僕のほうですよ！」

秋山は笑顔で答えた。

「じゃあ、お兄様に何かお土産を買いましょう！　紹興酒にでもしましょうか？」

「では、私は月餅にしますわ。兄の好物なので……」

二人は土産を買い、秋山は美代子を家まで送り届けてくれた。兄は車の音に気づき、すぐ出迎えてくれた。秋山に丁寧にお礼を言い、秋山もにこやかに挨拶をして美代子にも笑顔を見せて車へ戻っていった。


「どうだった？　音楽会は」

「素晴らしかったわ！　はい、お兄ちゃんにお土産！」

「おっ！　ありがとう！　中身は何かな？」

「中華街の有名なお店の月餅と紹興酒よ。月餅は私、紹興酒は山本さんから」

「そうか、ありがとう！　早速いただいてもいいかな？」

笑顔で兄はテーブルに土産を広げ、美代子にも月餅をすすめた。

「兄さん、ここに天津甘栗もあったら最高ね！」

「あの煎りたての甘栗、とても甘くておいしかったねえ」

「日本にもあるけど、天津で食べたあの甘栗の味にはとてもかなわないわ。今、お茶を入れてくるから少し待っててね」

美代子がお茶の準備をして戻ってくると、兄はじっと月餅の包み紙を見つめていた。

「兄さん、どうしたの？」

「この月餅の包装紙に龍の模様があるだろ。昔、天津で蛇に追いかけられたことがあったね。その蛇にそっくりなんであの時のことをつい思い出してしまったのさ」

「ああ、私がまだ五歳の時かしら？　兄さんと兄さんの友達と三人で公園の野原へ行った時の出来事ね。私もあの時のこと、よく覚えているわ。私がお花を摘んでいたら、兄さんのお友達が『ほら、大きな蛇がいるよ！』って叫んで、兄さんは私の手を引っ張って大急ぎで逃げて横へ曲がったら、追いかけてきた大きな蛇は曲がれなくてそのままだーっと走って行ってしまって、私たち命拾いしたのね。兄さんは、あの時『蛇は急に横道には曲がれないって何かの本で読んでいたので思い出して、さっと横に曲がったのさ！』って言ってたけど、あの時の蛇の姿、面白かったわね！　漫画にしたら面白いかもね！」

美代子が言い、二人で笑った。

秋山と過ごした楽しかった音楽会も終わり、美代子の生活もまた平常のリズムに戻った。学習塾の生徒たちから「先生、この頃きれいになりましたね！」などと言われると、美代子もやはり異性との交流のせいかなと感じた。

「そう？　ありがとう！　君たちが試験を頑張ってくれているから、先生もとても嬉しいのよ」

窓の外は桜が満開で、窓を開けると、春風に乗って桜の花びらが教室へ舞い込んでくるのだった。生徒たちはその花びらを追いかけてきゃあきゃあさわぎながら、花びらを掌に載せて眺めていた。この子たちも四月になると皆一年ずつ進学して学業も忙しくなるのだろう。

自分の中学生時代と重ねて、美代子は若かった時代に思いを馳せた。

第三章　小さな棘

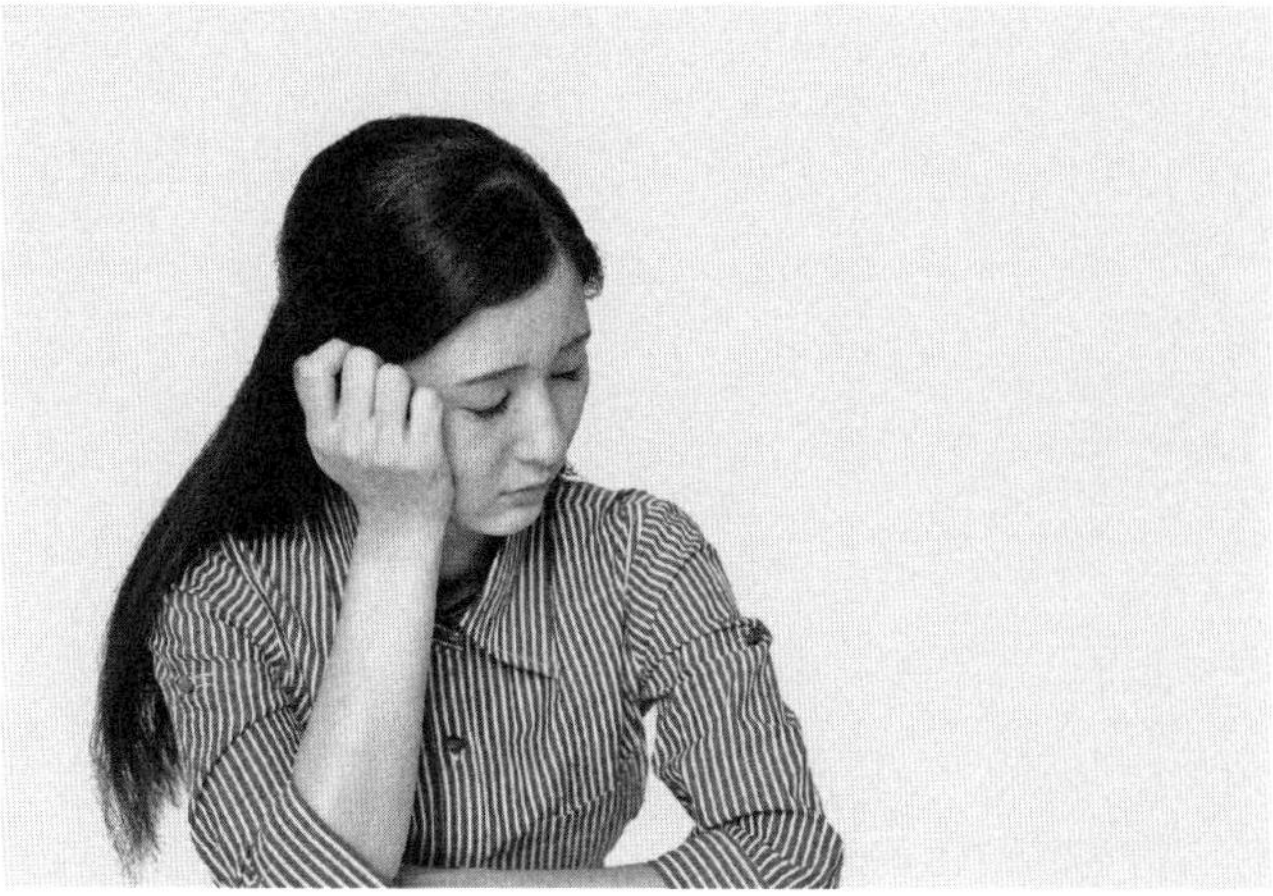

桜の美しい季節から、華やかなつつじ、そしていつの間にか梅雨に入り、雨に打たれて一段と美しさを増す紫陽花の季節へと移っていく。
忙しい人間たちには美しい花々が四季の移り変わりを教えてくれるようだ。

美代子は四季を感じられる日本に生まれてよかったと、この頃しみじみ思っている。アメリカ人と結婚してハワイへ住むようになった親友から、常夏の国、青く澄んだきれいな海、そしてヤシの木陰で華やかな衣装を身にまといフラダンスを踊る若い女性たちの絵葉書をたくさん送ってもらい、一時はちょっとうらやましいと感じたこともあったが、やはり日本のように四季を感じられる変化のある生活のほうが、豊かな感性が磨かれて楽しいと思う。

このところ秋山からの連絡がしばらく途絶えていた。兄から、秋山の父親が肺がんで入院し、母親もショックで入院してしまったと聞いた。そのため、毎日のように秋山は仕事帰りに病院へ通っているということであった。一人息子のような立場の秋山なので、大変だなあと思う。美代子もお見舞いに行かねばと思うのだが、まだはっきり婚約もしていないのに厚かましいと考え遠慮しているのだ。兄も最近仕事がとても忙しくなり、残業が続き体を壊さねばよいが……と美代子は案じている日々なのである。

そんな中、山本から電話が入った。

「両親が君に会いたいと言うので、今度の日曜日に僕の家へ遊びに来てくれない？」との誘いだった。渋谷で二人で会った時には、結婚のことなど全然考えていないという返事だったので、何かあったのかな？　と美代子は不思議に思った。

山本もすぐ美代子の思いを感じ取ったのだろう。

「いやいや、そんなに深刻に考えないでいいんだよ。最近、両親が毎日のように、『お前も三十歳を過ぎたのに、いつまでも仕事に追われていて今後はどうするつもりなのかい？　私たちもそんなに長く生きてはいられないのだからね。誰かお付き合いしている人はいないのかね？』とうるさく言うものだから、つい君のことを話してしまったってわけさ。一人で嫌だったらお兄さんも一緒にいらしてくださってもいいんだけど」

と明るく誘ってきた。

「あー、びっくりした！　山本君とは兄妹のような関係だと言われたから、そんなお誘いが来るとは思わなかったのよ。でも、嬉しいわ！　兄貴にも相談してみるわね。明日中にお返事するので、少し時間を下さいね」

「ああ、いいよ。君も忙しい人なんだから、都合がついたらでいいからね！」

電話が切れた後、兄は私の親代わりだから、きっと相談にのってくれるだろう……と美代子は兄の帰りを待つことにした。

その晩、兄の帰りは遅く、終電に間に合わずタクシーで帰ってきた。

「兄さん、お帰りなさい」

「おや、まだ起きていたのか。先に寝てればいいのに」

「だって兄さんが帰ってくるまでは心配で眠ってなんかいられないもの」

「そうか。ありがとう！　今日は急に大量の仕事が入ってね。今日中に仕上げなければならないというので、同僚三人で手分けしてやっと完了したんだよ！　心配かけてすまなかったね！」

「兄さん、随分疲れているようだから、温かい蜂蜜入りのミルクを飲んで早く寝てくださいね！」

美代子は、温めたミルクが入った兄のマグカップを差し出した。

「ありがとう、やっぱり持つべきものは妹だね！　体が温まると心まで温まるよ！　お前も早く寝なさいよ」

そう言うが早いか、兄はすぐ寝室へ向かっていった。兄に話したくて待っていた美代子だったが、疲れて帰ってきた兄へは話せず、明日のお昼休みに電話することにした。

翌日の昼休みに、兄のほうから美代子に電話がかかってきた。

「夕べは心配かけてすまなかったね。何か話があるようだったけど、遠慮なく話してごらん。僕で力になれるようだったら、何でも応援するからね」

兄の優しさに、美代子は涙ぐみそうになった。

「兄さん、いつか話した、大学時代からお付き合いしていた山本さんから、来週の日曜日に両親に会ってくれないかと電話があったの。兄さんのお世話してくれた秋山さんのこともあるので、どうしていいか迷っていて相談したかったの」

「ふーん。両親に会えっていうのは、彼の心は本決まりってわけだね！　大学時代からの長いお付き合いで、彼もお前のことをいろいろと観察していて好感を持ってくれていたんだな。よかったじゃないか？　お前さえ嫌でなかったら、ＯＫの返事をするべきだよ！　両親に会えば、もっとよく彼のことがわかるし、いいチャンスだと思うよ！　お前もしっかりした大人なんだから、よく自分の目で確かめて、この親なら理解し合える間柄になれると思ったら、ぐずぐずせずに早く決断しなさい」

「兄さんにもお誘いがかかっているのだけど……」

「僕は行かないほうがご両親によい印象を与えられると思うよ。頑張れ美代子！　日曜日に喜んで伺いますと返事をしなさい！　秋山のことは俺に任せておけばよいからね。安心して行っておいで！」

兄から反対されるのではないかと躊躇していたが、あっさりと「よかったね」と言ってくれ、「応援しているよ」と励ましてくれた兄の深い愛情に美代子は心から感謝した。

美代子はすぐに山本へ電話した。昼休みが終わり、山本はちょうど職場に戻ったところだったらしく、「ごめんね、場所を変えてかけ直すので待っていて」と言い、二分後に電話をかけてきた。

「お待たせしました。それで、お兄さんにもお話しした？」

「ええ、先ほど話しましたら、とても喜んでくれて、山本君によろしくと言っていたわ」

「あー、よかった。大事な宝物の妹を取られてしまうので反対されるかと冷や冷やしていたんだよ」

「そんな兄ではないわ。私が幸せになれるなら何でも応援するから、心配するなっていつも言ってくれているのよ」

「本当にいいお兄さんを持って君は幸せだね」

「はい、本当にそう思います！　では、来週の日曜日喜んでお伺いさせていただきます」

「ありがとう。楽しみにしているからね。素敵なお兄さんによろしく伝えてくださいね」

「はい、伝えます！」

美代子の心に一筋の明るい光が差したようで、体もふわふわ空中に舞い上がるような幸福感に包まれた。まだ面識のない山本君のご両親は、きっと優しい、いい人たちに違いないと思えた。自分たち兄妹にはもう両親はいないのだから、山本君のご両親を実の両親と思って一生懸命に尽くせば、きっと仲良くなれると美代子は考えていた。現実はそれほど甘くはないのだろうが……。

ついに約束の日が来た。美代子は山本と会う場所を昨夜確かめておいたので、落ち着いて支度ができた。兄は昨夜遅く帰宅して、疲れてまだベッドの中のようだ。

美代子は、「それでは、これから出かけてきます。冷蔵庫の中にお惣菜、ガスコンロの上には味噌汁を作ってありますから、お食事を済ませてくださいね。夕食までには帰宅しますので」とメモを残してそっと家を出た。

初めてのお宅を訪ねることは、何となく不安な気持ちと期待感が交差する不思議な感情である。渋谷の待ち合わせの場所を目指して速足で歩いていくと、山本は隣にいる若い女性と話しながら、にこやかに手を振った。

「あ、こちらは僕の後輩の小林美代子さん。そしてこれは妹の早智子です」

「あら、いくら妹でも『これ』はないでしょう?」

早智子は兄のほうを向いて抗議してから、丁寧に挨拶してくれた。

「いつも兄からお話を聞いております、妹の早智子です。一昨年、杉並のほうへ嫁ぎまして一人息子がおります」

「さあ、挨拶はそのくらいにして親たちが待っているから早く行こう!」

と山本から促されて、二人は仲良く肩を並べて彼の後に従った。彼は高く手をあげてタクシーを停めると、住所をドライバーに見せた。車内で、美代子は深く息を吸い込み、落ち着かねばと何度も自分に言い聞かせた。十五分ほど走ったかと思われた時、タクシーが停まった。「さあ、着きましたよ」と修平が声をかけた。車から降りると、モダンな映画監督が住んでいそうな瀟洒で大きな住宅が目の前にあった。塀の門をお手伝いさんが開けてくれて、三人は客間へ急いだ。

客間のソファーにはすでに修平の両親が座っていて、にこやかに出迎えてくれた。

「初めまして。小林美代子と申します。今日はお招きにあずかりまして本当にありがとうございます」

「今時の娘さんにしては、きちんとご挨拶なさって立派ですわ。ご両親もさぞご立派な方でしょうね」

と修平の母親は嬉しそうに美代子に笑顔を向けた。

「はい、父は以前人事部長をしておりまして、母は小学校の教諭を長くしておりましたが、十二年前に父親が、十年前に母親も亡くなり、現在は兄と二人暮らしです」

「ほう、それは大変でしたね！」

「ずいぶんご苦労をなさったでしょう！」

と今度は修平の父親が温かく言葉をかけてくれた。

美代子は、予想通りの優しくて素敵なご両親だなと嬉しさがこみ上げ、思わず涙ぐんでしまった。修平の母親は、

「あら、ごめんなさい。私が余計なおしゃべりをしたので美代子さんに悲しいことを思い出させてしまいましたね」

とすまなそうに頭を下げた。そこへお手伝いさんを伴って妹の早智子がやってきた。

「さあ、皆さん。せっかく美代子さんが訪ねてくださったのですから、楽しく明るくいきましょう！」

早智子はそう弾んだ声で言うと、テーブルに美しいガラスの容器を並べた。

「これは私と母の共同作業で作った我が家のスイーツです。ちょうど三時になりましたのでいただきましょう！」

「それでは、ジュースで乾杯といきましょうか？」と修平がおどけて皆のグラスに冷たいグァバジュースをついで回った。修平の父親は美代子を我が娘のように愛おしそうに眺めて、

「美代子さん、僕の隣へ座りませんか？」

と声をかけたが、修平は「お父さん、だめですよ。美代子さんは僕の大切な人なんですから……」と言って美代子を自分の隣へ呼んだ。

「美代子さんは学習塾の先生をなさっているそうで、それもやはりお母様の影響があるのでしょうねえ」

「はい、幼い頃から母が生徒たちを指導している姿を見ていたので、ごく自然に指導者の道へ進んでしまったようです。子供が大好きなものですから…」

「子供が好きとおっしゃる方は、本当に心の温かい優しい人なんですよ。よかったね、修平さん。美代子さんが本当に温かいお人柄の方で……」

「母さん、僕の目に狂いはなかったでしょう?」と修平は誇らしげに言った。その言い方がおかしくて皆で大笑いしてしまった。


緊張した雰囲気が急に解けて、美代子も家族っていいものだなあ、こんな温かい家族の一員になれたら、どんなに幸せだろうとしみじみ思った。

ただ、あまりにも自分の家庭と山本家の経済的な格差が大きいので、自分がうまくとけこんでいけるかが心配の種であった。食卓にはスプーンやフォークがたくさん並べられ、どれからとってよいのか迷っていると、すぐ山本がそっとコーチしてくれて恥をかかずに済んだ。お手伝いの佳代さんが、美しい花柄の水の入ったガラス容器をテーブルに並べ、次に美味しそうな桃を一個ずつお皿に載せて配ってくれた。

「さあ、いただきましょう！」と修平の母親が皆に声をかけた後、美代子は緊張してのどが渇いていたので、美しい花柄のガラス容器に入った水をドリンクだと思い一気に飲んでしまった。早智子は目を丸くして、

「あら、美代子さん、それは飲むものではないのよ。フィンガーボウルと言って、フルーツをいただく前に、指先を洗うものなのですよ！」

と言うと、お手伝いさんの佳代さんと声を合わせて大笑いした。

美代子は真っ赤になって、

「すみません。あまり喉が渇いていて、ドリンクと間違えました」

「誰だってよそのお家へ来たら、緊張してのどが渇くものですよ。美代子さん、気になさらないでね」

修平の母親は明るく慰めてくれたが、言葉とは裏腹に、何となく上から目線なものに変わっていた。美代子は恥ずかしさで居たたまれない思いがして、食後にトランプに誘われたが、「用事がありますので」とお断りして山本家を後にした。

「何も気にすることはないよ、誰だってわからないことはあるものだから……」

と慰めながら、修平が渋谷駅まで送ってくれた。美代子は、兄の好きな夕食の食材を何種類か渋谷駅の食品街で買い、帰途についた。


山本家と美代子の育った小林家では経済的な格差が相当あり、価値観や生活習慣の違いが歴然としていた。そのため、美代子は無事に山本家で過ごしていくことは難しいのではないかとずっと悩んでいた。指に小さな棘が刺さってなかなか取れないように、美代子の心の中には、山本家でのフィンガーボウル事件のことが棘のように刺さっていて、なかなか忘れようにも忘れられなくなっていた。やはり親代わりの兄に相談するより他はないと考えて、兄の帰りを待つことにした。

夕食後、思い切って美代子は悩みを兄に打ち明けた。

「兄さん、この間お招きしていただいた山本君のお宅で私、大失敗しちゃったの。うっかりしてフィンガーボウルの水を飲んでしまって大笑いされちゃったの。家ではフィンガーボウルなどないんですもの、あまりきれいな器なのでてっきりコップのグラスだと思ってしまって……。生活習慣が違うから仕方がないとは思うけど、とても恥ずかしかった。兄さん、きっとお断りの知らせが来ると思うから、先にこちらからお断りしたほうがいいのではないかしら？」

兄の達郎はじっと考え込んでいたが、

「美代子、早まってはいけないよ。そんなことで断ってくるようなお家ならこちらからお断りするけれど、僕はそんなことはないと思うよ。美代子の人柄を気に入ってくれたのだから、そんな些細なことで断らないでしょう？　もう少し待ってごらん。きっとお誘いが来るから。日常生活のことは、少しずつ修平君に聞いて覚えていけばよいことで、子供が生まれるまではご両親とは別居すると山本君も言っていたから大丈夫さ。美代子ならすぐ覚えられるよ、大丈夫だよ、兄さんが保証するよ。さあ、朝が早いから寝るとしようね！」

と父親のように優しく励ましてくれたのだった。

「兄さん、本当にありがとう。いつかきっと二人で子供時代を過ごした懐かしい中国の天津に行きましょうね！　父さん、母さんと私たち四人で暮らしたあのお家は、今どうなっているか見に行きたいわね」

「そうだね、中国との国交が回復したら真っ先に行きたいね！　あの広い北寧公園でテニスの練習もしたいなあ！」

「私もあの北寧公園の池でスケートを思う存分してみたいわ！」

「きっと行けるようになるよ！　楽しみに待つことにしよう！」

「兄さん、きっとよ！　絶対二人で懐かしい、故郷のような天津の私たちのお家、見に行きましょうね」

涙もろい美代子はすすり泣き、涙を膝にこぼした。達郎はそっと美代子にハンカチを渡してくれたのだった。

美代子のもう一つの悩みは、一人になる兄のことだった。一人になったらどんなに寂しいだろうかと考えると後ろ髪を引かれるようで、やはりお断りしたほうがいいのではないか？　と夜になると迷う気持ちが襲ってきてなかなか寝付けない日が続いていた。

兄はいつものように美代子の作った朝食を食べて「行ってくるよー。戸締りを忘れずにね」と元気よく会社へ出かけて行く日が続いていた。

山本の家庭訪問の後、二週間ほど経ってから、美代子に速達が届いた。

仕事で奈良のほうへ行っていて昨夜遅く帰京したのでお知らせが遅れてごめんなさい。父や母はあなたを大変気に入り、来週の日曜日が父の誕生日なので、この間のメンバーに一人姉が加わってパーティーを開く予定です。ぜひ美代子さんにも来てほしいとのことですが、あなたの都合を電話で知らせてください。

美代子は、やはり自分のことを気に入ってくれたのだと思うと嬉しかった。

すぐ手帳を調べ、修平へ電話をかけた。

「午前中は英検で生徒を渋谷へ連れて行かねばなりませんが、午後二時には生徒の父母がお迎えに来るので解放されます。午後二時半に渋谷駅前でお待ちすることはできます」

一時間ほどしてまた修平から電話があった。

「とても都合のいい時間で助かるよ。もし、都合がよければこちらも二時半頃お待ちくださいとお知らせするつもりだった。それでは、来週日曜日に渋谷駅前でお会いしましょう」

美代子の心は、また明るい方向へ流れていくのだった。

その夜、珍しく兄は午後六時に元気に帰ってきた。

「あーあ、やっと一段落したよ！　今日からぐっすり眠れるなあ」と嬉しそうだった。

「兄さん、まずお風呂へゆっくり入ってね。その間に急いで夕食の支度をしますから！」

美代子は張り切って夕食の支度にとりかかった。兄の好きなステーキと野菜サラダ、オニオンスープ、食後のデザートも作った。冷やしておいたビールに冷やっこ、枝豆も添える。

「ワーッ、冷えたビールとは気が利くねえ、お前はもう主婦になれるよ！」と嬉しそうに兄はジョッキを傾けた。

「ほら、お前も付き合いなさいよ！」と美代子のグラスへも兄がビールを注いでくれた。

「兄さん、実はね、この間お会いした山本君のお父様の誕生日が来週の日曜日なので、ぜひ私にも来てもらえないかと今日お誘いがあったのよ。行ってもいいかしら？」

お酒の勢いで美代子は兄に打ち明けた。

「あー、それはよかったね！　そのお誘いは結婚へのゴーサインだから、断ってはいけないよ、よかったねー、美代子、本当におめでとう！」

と兄は心から喜んでくれて、瞳を潤ませているようだった。

「兄さん、まだどうなるか全くわからないので、あまり期待はしないでね」と美代子はくぎを刺したが、やはり嬉しかった。


しかし、ずっと二人で暮らしてきたので、兄が一人になり淋しい思いをかけてしまうことを思うと、一〇〇パーセント喜べない。そんな美代子の心境をすぐ察して、兄は、「美代子、僕のことはこの前話した通り全く心配はいらないよ！ちゃんとやっていくし、今後僕のもとへ来てくれる人がいないとも限らないだろ。それよりお前は自分の幸せをしっかり考えて、山本家の嫁として皆から可愛がられるように励んでいかねばいけないのだよ！　兄さんも一番それを望んでいるし、亡くなった両親だって草葉の陰でどれほど心配しているかわからないのだからね。美代子が幸せになることが僕たちみんなの幸せなのだからね！」

幼い子供に言い聞かすように話す兄の優しさに美代子は涙が溢れた。

「私は、兄さんのお陰でここまで生きてこられて、何も恩返しもできないままよそへ行くことは本当に辛いのですけど、どうか許してくださいね」

美代子は頭を下げた。そして同時に、ご両親の看病と仕事に追われているようで何の連絡もない秋山のことも気にかかっていた。兄に秋山のことを聞いてみたかったが、兄も疲れているようなので聞き出せなかった。


そんな中、八月の上旬に美代子が部屋の片づけをしていると、秋山から速達が届いた。急いで封を切ると、誠実そのものを表すような秋山の筆跡で「父親が重い病のため、付き添っていた母まで持病が悪化して入院してしまいましたので、仕事の帰りに毎日病院通いをしておりまして美代子さんをお誘いする暇もなく本当に失礼してごめんなさい」という書き出しで、「来週の日曜日は何とか暇ができそうなのでよかったら美代子さんの観たい映画でもご一緒して、お夕食をご一緒にしませんか？」と書かれていた。美代子は、まだ兄から何も聞いていないらしい秋山のことが気の毒で、兄も人の好《よ》い秋山に言いにくかったのだろうなと推察した。

美代子は、一刻も早く秋山に知らせなければとペンをとった。やはり一度お会いして事情をよくお話しして謝らなければと思った。秋山の指定した日曜日に会う決心をして、「お話ししたいことがあり、私もぜひお会いしたいと思っております」と返事を書き投函した。

すると二日後に秋山から、初めてお会いした帝国ホテルの二十三階のラウンジで午後二時半にお会いしたいと返事が来た。兄は毎日仕事が忙しそうで疲れているると思い、兄にはちょっと買い物に行ってくるのでと告げて家を出た。八月の旧盆で、かなり帝国ホテルも賑やかであった。早めに家を出て、更衣室で着替えをして秋山をロビーで待った。約束した二時半ぴったりに秋山は人の好い笑顔を浮かべて額の汗を拭きながら美代子に挨拶をした。

「美代子さんお久しぶりです！　一段と美しくなられましたね！」

「あら、ちっとも変わっていませんのにお褒めいただいて嬉しいですわ」

「さあ、初めてお会いした店へ参りましょう」

秋山は美代子を促して、二人はエレベーターで二十三階まで昇った。二十三階からは日比谷公園がすべて眺められ、秋山は「早春の一日、美代子さんとあの日比谷公園をあのあたりまで散歩しましたね――」と懐かしむようにしばらく眺めていた。ウェイターにコーヒーとケーキを注文して、二人はしばらく雑談をした。

美代子は意を決して話を切り出した。

「秋山さん、実は大学時代の先輩で、同じサークルの友人としてお付き合いしていた方がおりまして、その方はＴＶ局で大変忙しい仕事を担当していて、結婚願望もなく半年に一回くらいしか会うこともなく過ごしていたのですが、彼の両親から早く身を固めるように強く催促されたようで、私、プロポーズされました。しばらく秋山さんのほうからは何の連絡も頂かなかったので、私にあまり興味がおありでないのかと思いまして……彼のプロポーズを受けてしまったのです。早くお知らせしたかったのですが、兄からご両親が入院なさってお仕事と病院通いで大変お忙しくしておられると聞いたものですから、ついお知らせが遅くなりまして本当にごめんなさい」

美代子は深く頭を下げた。涙もろい美代子は目にいっぱい涙を浮かべ秋山を見つめた。

秋山は一瞬たじろぐ様子であったがすぐ元に戻った。

「そうでしたか。僕がもっと積極的に美代子さんにアプローチしなかったのが悪いのですから、どうか僕のことはお気になさらないでください」

そう言いながらも、彼の眼にもうっすらと涙が浮かんでいた。

「じゃあ、これが最後のデートになるわけですね！　最後なら楽しくいきましょう！」とおどけた調子になり、「ところで美代子さん、今観たい映画は何かありますか？」

と聞いた。

「はい、『サウンド・オブ・ミュージック』というミュージカル映画が観たいのです」と美代子は即座に答えた。

「ミュージカル、明るくっていいですね！　実は僕も一度観たかったのですよ。ドイツ映画の、菩提樹がテーマになっている作品でしょ？　ジュリー・アンドリュースが家庭教師で子供たちを教育する物語、美代子さんにピッタリですね。さあ、三時半からの上映に間に合いそうですから、出かけましょう！」

秋山はそう言うと、さっと席を立ち支払いを済ませた。秋山の紳士的態度にホッとして美代子も明るく従ったのだった。こんなに思いやりのある優しい秋山を断るなんて……。罪を犯したような気持ちで心の中で美代子は自分を責めた。

映画を観終わり、有楽町駅までの帰り道に、美代子は「秋山さん、映画のお礼にお茶を奢らせてください」と申し出ると、秋山も気持ちよく応じてくれ、二人は駅の近くの喫茶店で二十分ほど休憩して有楽町駅でお互いの未来が幸せになるよう願いつつ、別れたのだった。

心なしか秋山の背中が寂しそうに見えたのは、美代子の気のせいだけだったのだろうか……？

第四章　愛の陽炎

十月十日に修平と美代子の結婚式は目黒の雅叙園で賑やかに開かれた。修平の両親と親戚一同、そして会社の同僚、美代子の学習塾の父母代表三名、そして美代子の親代わりの叔父、叔母など百二十人ほどの集まりになった。修平の姉妹たちが喜んで受付を引き受け、てきぱきとさばいてくれて本当に美代子は感謝した。美代子の両親が生きていてくれたら、どんなにか喜んでくれただろう。

結婚式で美代子の両親の代わりを務めてくれたアパートのオーナーの叔父・叔母が、「美代子さん、可愛い赤ちゃんを連れて遊びに来てくださいね」と笑顔で励ましてくれたのが印象に残った。兄も美代子に心配をかけないように始終笑顔で、お祝いのスピーチをしてくれた。拍手で迎えてくれた一つ一つの優しさのこもった動作に心打たれた。一人になる淋しさを微塵も見せずにいる兄の心の強さに感動し、美代子は心の中で何度も「兄さん、ありがとう!」と叫んでいた。

当日の美代子の花嫁姿は、まるで天使のように美しかった。

兄が美代子とバージンロードを歩く時、一番拍手をしてくれたのは修平とその両親だった。花婿となる山本修平も、「美代子は、本当に優しいお兄さんを持って幸せだね」と感動した様子であった。披露宴の最後の挨拶では、修平は兄の達郎のほうへ歩み寄り、「お兄さん、本当に美代子さんを立派に育てていただいてありがとうございました」と深々と頭を下げた。

達郎はいつもの明るい笑顔で、「修平君、これからは僕の代わりに美代子をしっかり守ってくださいね」と握手を求め、和やかにお別れをしたのだった。

翌日は会社の好意で達郎は午前中勤務で帰宅できた。

今まで妹の親代わりを務めていて何事も妹を中心に考えてきたつもりではあったが、こうして一人きりになってみると、逆に自分が妹に支えられて生きてきたことを痛感させられた。

朝起きると朝食が、会社から帰ると夕食が用意されていたし、ワイシャツが汚れていれば翌朝には清潔なものがハンガーにかけてあったし、何も困ることがなくスムーズに生活ができていたのは、すべて妹のお陰だったのだ。

さあ、これからは何事も一人でやっていかねばならない。達郎は、何十年ぶりかでエプロンをかけて台所に立った。食品庫の扉に妹の字で「お砂糖、塩、お味噌は調味料の棚にあります。お醬油と味醂、お米は、シンクの下です。鰹節、だし昆布、味の素は引き出しの中。コショー、シナモンは、ガスコンロの横の引き出しにあります」と貼り紙がしてあった。

考えてみれば、料理は妹任せだったので何がどこにあるか全くわからない。達郎は、助かったとホッとした。

「さあ、昼食は何を作ろうかな?」と冷蔵庫を開けると、カレーライスを作れるように、豚肉と、ジャガイモやにんじん、玉ねぎなどを刻んだものが容器に入っていた。その横にメモがあり、「カレールーは入れ過ぎないように注意してくださいね」と書かれてあった。

美代子が心配して最後の日にやっておいてくれたのだと思うと、達郎は妹がむしょうに恋しくなり、張りつめていた気持ちが急に緩み、久しぶりに号泣した。

達郎の脳裏に、おしゃまで可愛かった幼児時代の美代子、きらきらと太陽を浴びて光る水玉のような活気のある少女時代、英語が大好きで毎朝早起きしてラジオの基礎英語講座を夢中で聞いていた高校生時代の美代子、成人して愛する人と結ばれた、大輪の白いバラのような華やかで清楚な花嫁姿の美代子の姿が走馬灯のように浮かんでは消えた。

三十年近くも一緒に暮らしたのだから、親以上に親密な間柄だったのだなあ……と今更ながら達郎は体の一部がもぎ取られてしまったような寂寥感を感じた。しかし、不幸な別れではなく、幸せになるための別れで、またいつでも機会があれば会えるのだし、妹の幸せを心から喜んであげようと自分に言い聞かせた。

新しい空気を入れようと達郎は部屋の窓を開けた。ふと空を見上げると、大きな二本の陽炎が達郎に話しかけるかのようにゆらゆらと揺れているのがはっきり見えた。

陽炎は夏に多いと聞いていたので、季節外れの今頃見えるとはと不思議に思ったのだが、達郎はすぐにそれが、両親の魂が陽炎になり、一人きりになった自分のことを心配して励ましにきてくれたに相違ないと確信した。達郎は二本の陽炎に向かい思わず大きく手を振った。

陽炎も心なしかゆらゆらと揺れて「達郎、しっかり頑張りなさい！」と励ましてくれているかのように見えた。

そして陽炎はいつの間にか西の空へスーッと消えていったのだった。

きっとあの陽炎は、美代子のほうへも励ましに行ったのではないかと達郎は思った。瞼を閉じると、懐かしい父母の笑顔がはっきりと浮かんだ。

急に達郎の胸に明るい光が差したような温かい感情がよみがえり、彼は急いで台所へ向かった。まるで美代子がそばにいて、いろいろと指示してくれているような気分であった。

それから間もなく、達郎のいるキッチンから、カレーの美味しそうな香りが漂ってきた。

（完）

あとがき

私が小説を書きたいと思い始めたのは、七、八年前にさかのぼる。その頃、自分史を書いて出版する人が周囲に増えていたので、私も仲間に入れてもらいたいなと思ったのが、きっかけかもしれない。

静岡県の小学校教師だった両親が台湾の高雄市の小学校へ赴任し、そこで私が生まれた。父親は私が一歳半の時に台湾でマラリアに罹り、高熱が続いたのがもとで呼吸器を患い、帰国して療養の甲斐もなく三十一歳の若さで旅立ってしまった。母親はまだ二十六歳になったばかりだった。

母は周囲の勧めで再婚した。母の再婚相手を実父と思って育った私は、中学進学の際、戸籍に義父と書かれていたことに大きなショックを受け、それからは何となく父に遠慮がちになっていき、同時に、頼れる兄が欲しいなと思うようになっていった。

この小説に登場する兄の達郎は、私の空想上の憧れの人物で、いつも私の胸の中を行ったり来たりしていた。今思うと、顔も知らない実父を慕う気持ちが心の兄となって現れたのかもしれない。もちろん、私を可愛がってくれた義父のことも大好きで、この小説に出てくる美代子の父親は、義父をモデルに描いた。

戦時中の中国・天津での生活、そして、敗戦後にアメリカの軍艦に乗って日本に引き揚げてくる話は、私の実体験をベースに描いた。


子供の頃に育った場所というのは忘れられない。戦争があったため、決して楽しい思い出ばかりではないが、美代子と達郎と同じく、私にとっても中国は子供時代を過ごした大切な故郷のような存在なのである。

一九六五年が舞台のこの小説の中では、戦争によって引き裂かれた後、美代子と達郎はまだ中国を再訪できずにいるが、一九七二年に日本と中国の国交は回復し、再び、両国が行き来できるようになった。

私も、二〇〇四年に、五十八年ぶりに中国へ渡り、天津と北京を訪ねた。空港からホテルへ行く広い道の両側には、以前と同じようにアカシアの木が立ち並び、白い花が咲いていた。甘い香りが漂ってくるようで、懐かしさに胸がきゅんとなり、バスの窓を開けて思い切りその空気を吸ったのだった。中国のビルの高さと大きさは日本以上で、車の多さと運転の激しさには驚いた。人もエネルギッシュで、声も大きく、先んずれば人を制す、という感じだ。私が幼い頃に住んでいた家は建て替えられ、モダンな天津幼稚園に変わっていたが、懐かしさが胸にこみ上げた。

政治的な問題で日中関係は冷え込んでいるが、歴史的、文化的には、切っても切れない関係にある。漢字も書道もソロバンも中国から伝わった文化だし、三国志のファンも多い。中華料理も、パンダも、好きな人は多いだろう。

幼い頃住んでいた天津市内の官舎の跡地には現在幼稚園が建っている

中国からの観光客も多く、ビジネス面でも、中国との関係は欠かせない。人と人とのつながりを通して、日中関係が良くなることを、願ってやまない。

私の実父は文学青年で、よく短歌を作っていたそうである。その血を引いてか、私も幼い頃から国語が大好きで、小学生の頃は作文の時間が楽しくてたまらなかった。先生が黒板にテーマを書くと、あっという間に書き上げ、屋上でボール遊びをしていた記憶がある。作文コンクールでは何回か入賞した記憶があるが、母から「こういうものをいただくと傲慢になるからいけません」と厳しく言われ、せっかく戴いた賞状は皆燃やされてしまった。唯一、大学時代に書いた「シェイクスピアの四大悲劇」というテーマの卒論が高得点を取って、卒業時に優等生に選ばれた際の賞状が一枚、残っているのみである。その母も、七年前に旅立ってしまった。今なら、私の小説を、喜んでくれるだろうか。

最後に、このたびの『愛の陽炎』の出版にあたっては、文芸社の藤田渓太氏・今泉ちえ氏にお世話になったことを、深く感謝いたします。そして、原稿を読んで励まし、手厳しい意見も言ってくれた娘にも感謝しています。

何しろ初めての小説ですので、登場人物も少なく退屈だったかもしれませんが、お読みくださりありがとうございました。

二〇二三年三月

田上　千鶴子

著者プロフィール

田上 千鶴子（たがみ ちづこ）

1962年３月　東洋大学英米文学科卒業
1962年４月　ニューヨーク・マーチャンダイス・トレイディングカムパニー　日本支社勤務（日活ビル内）
1963年11月　結婚・出産のため退職
1978年５月　珠算学校経営者となり現在に至る（45年間現職）

愛の陽炎

2023年９月15日　初版第１刷発行

著　者　田上 千鶴子
発行者　瓜谷 綱延
発行所　株式会社文芸社
〒160-0022 東京都新宿区新宿1－10－1
電話 03-5369-3060（代表）
03-5369-2299（販売）

印刷所　図書印刷株式会社

ISBN978-4-286-24330-6　日本音楽著作権協会（出）許諾第2304881－301号